Disney

O Estranho Mundo de Jack

de Tim Burton

Universo dos Livros Editora Ltda.
Avenida Ordem e Progresso, 157 - 8º andar - Conj. 803
CEP 01141-030 - Barra Funda - São Paulo/SP
Telefone/Fax: (11) 3392-3336
www.universodoslivros.com.br
e-mail: editor@universodoslivros.com.br
Siga-nos no Twitter: @univdoslivros

VINTAGE

Disney

O Estranho Mundo de Jack

de Tim Burton

São Paulo
2021

Grupo Editorial
UNIVERSO DOS LIVROS

Tim Burton's: The Nightmare Before Christmas
Copyright © 2020 by Disney Enterprises, Inc.

Copyright © 2021 by Universo dos Livros
Todos os direitos reservados e protegidos pela Lei 9.610 de 19/02/1998.

Nenhuma parte deste livro, sem autorização prévia por escrito da editora, poderá ser reproduzida ou transmitida sejam quais forem os meios empregados: eletrônicos, mecânicos, fotográficos, gravação ou quaisquer outros.

Diretor editorial: **Luis Matos**
Gerente editorial: **Marcia Batista**
Assistentes editoriais: **Letícia Nakamura e Raquel F. Abranches**
Tradução: **Rebecka Villarreal**
Preparação: **Nestor Turano Jr.**
Revisão: **Tássia Carvalho**
Adaptação de texto: **Sally Morgan**
Arte: **Renato Klisman**
Ilustração de capa: **Chellie Carroll**
Design original: **Lindsay Broderick e Soyoung Kim**

Dados Internacionais de Catalogação na Publicação (CIP)
Angélica Ilacqua CRB-8/7057

M846e

Morgan, Sally
O estranho mundo de Jack / Adaptado por Sally Morgan ; original de Tim Burton ; tradução de Rebecka Villarreal.
–– São Paulo : Universo dos Livros, 2021.
80 p : il., color. (Clássicos da Disney ; vol 2)

ISBN 978-65-5609-140-2
Título original: *Nightmare before Christmas*

1. Ficção infantojuvenil 2. Animação (Cinematografia) I. Título II. Burton, Tim. O estranho mundo de Jack III. Villarreal, Rebecka IV. Série

21-3682   CDD 813.6

Este livro pertence a

_____

Agradecimentos

Agradecimentos especiais a Tim Burton e à equipe da Biblioteca de Pesquisa em Animação da Walt Disney por sua inestimável ajuda e por fornecer a arte para este livro.

Era a noite de Halloween na Cidade do Halloween.

Ghouls, *goblins*, lobisomens e bruxas se reuniram na praça da cidade para esperar o retorno do seu líder, Jack Esqueleto — o Rei das Abóboras.

Recém-saído de sua noite de susto, Jack Esqueleto cavalgou até a cidade com sua temível fantasia de abóbora, em chamas. A admirada multidão de monstros aplaudiu quando Jack saltou do seu cavalo de madeira e apagou as chamas em uma fonte.

— Grande Halloween, pessoal! — disse o Prefeito, que tinha duas caras.

— Acho que foi o mais horrível de todos! Muito obrigado, meus amigos — completou Jack Esqueleto.

— Não, obrigado a você, Jack — respondeu o Prefeito.

Vintage

Todos na Cidade do Halloween pensavam que Jack Esqueleto era um maravilhoso Rei das Abóboras e mal podiam esperar para dizer o quanto o adoravam.

— Você é mesmo pavoroso, Jack! — falou um vampiro.

— Você é o sonho de toda bruxa! — gritou uma bruxa.

Do outro lado da multidão, uma boneca de pano chamada Sally observava Jack com o coração cheio de saudade.

De repente, alguém agarrou o braço de Sally.

— A beladona venenosa que você me deu já estava velha, Sally — ele disse.

Era o Dr. Finkelstein, o cientista maligno que criou Sally em seu laboratório. Em troca, ele esperava que Sally fosse sua companheira — para sempre.

— Me solta! — gritou Sally.

— Você vem comigo! — disse Dr. Finkelstein, tentando puxar Sally.

Pensando rapidamente, Sally puxou os fios que prendiam seu braço de boneca de pano, fazendo com que o membro se soltasse. Ela fugiu para o cemitério, deixando o braço bater na cabeça do Dr. Finkelstein.

Na praça, a multidão tentou se aproximar de seu Rei das Abóboras. Logo Jack se viu cercado.

— Oh, Jack, você fez as feridas sangrarem e a pele arder! — falou um monstro do pântano.

Mas nenhum dos elogios e alegria importava para Jack. Assim como Sally, ele também queria escapar.

Enquanto o Prefeito fazia um anúncio, Jack aproveitou para se mandar.

— Bom trabalho, Esqueleto — falou um músico.

— É, acho que sim. Igual ao ano passado, e ao anterior, e ao anterior... — comentou Jack.

Jack caminhou desamparado para o cemitério, onde chamou seu animal de estimação, Zero, da sua tumba. Zero era um cachorro-fantasma com um nariz de abóbora que brilhava.

Enquanto Jack caminhava, ele se gabava para Zero de sua fama em todo o mundo como o rei do horror. Mas Jack estava entediado de fazer as pessoas gritarem o tempo todo. Ele queria mais do que ser o Rei das Abóboras.

Vintage

Jack sentiu que algo estava faltando em sua vida. Ele pensava que ninguém na Cidade do Halloween poderia entender.

Mas alguém entendia.

Sally tinha ouvido tudo detrás de uma lápide. Ela sabia exatamente como Jack se sentia. Mas Sally era muito tímida para ir até Jack, então ela observou enquanto ele entrava na floresta com Zero.

***

— Sally! — falou o Dr. Finkelstein quando a ouviu voltar para seu castelo. — Você voltou.

— Eu precisava — disse Sally.

— Veio atrás disto? — ele perguntou, segurando o braço de Sally. Ele a conduziu ao laboratório, onde recolocou o braço dela.

Sally relatou ao Dr. Finkelstein que estava se sentindo angustiada.

— É uma fase, minha cara. Vai passar — respondeu o Dr. Finkelstein. — Precisa ser paciente, só isso.

Mas Sally não queria ser paciente.

Vintage

Logo cedo, na manhã seguinte, o Prefeito chegou à casa de Jack para discutir os planos para o próximo Halloween. O Prefeito subiu os degraus e tocou a campainha, mas não houve resposta. O prefeito bateu à porta, mas também não houve resposta.

— Jack, responda! — o Prefeito gritou. Mas Jack não podia responder, pois não estava em casa. Na verdade, Jack não esteve em casa a noite toda.

***

Bem no limite da Cidade do Halloween, o sol de abóbora brilhava acima das árvores esqueléticas da floresta.

— Onde estamos? — Jack indagou com um bocejo, cansado após uma longa noite de perambulação.

Jack percebeu que estava em um lugar diferente de todos em que já havia estado antes.

— Mas o que é isto? — Jack perguntou ao entrar em uma clareira. Ao seu redor, havia árvores com estranhas imagens entalhadas em seus troncos.

Um dos troncos era entalhado com um ovo bonito, outro com um peru rechonchudo e um terceiro com um proeminente coração vermelho, mas um entalhe específico chamou a atenção de Jack: o de uma árvore verde brilhantemente decorada.

Ao olhar mais de perto, Jack viu que os entalhes eram, na verdade, portas com maçanetas brilhantes.

Curioso, Jack agarrou a maçaneta da porta com a árvore verde, girou-a e puxou-a. A porta se abriu. Ele se inclinou para a frente a fim de averiguar aonde levava.

Mas tudo o que ele podia ver era a escuridão. Jack deu um passo para trás, desapontado, mas uma rajada de flocos de neve saiu da árvore e o puxou para dentro. Então a porta se fechou, deixando Zero sozinho na floresta.

Jack caiu, enquanto flocos de neve giravam ao seu redor.

Jack aterrissou com um baque. Um flash brilhante o cegou por um momento. Quando sua visão voltou, Jack se encontrava sentado no topo de uma colina coberta de neve, olhando para a cidade de aparência mais alegre que ele já tinha visto.

Ele se levantou com um pulo e desceu a colina em direção à cidade.

Quando chegou, Jack se perguntou se estava sonhando. Ao seu redor, as pessoas riam e cantavam. Não era nada como a escura e sombria Cidade do Halloween. Tudo era brilhante e colorido. Não havia monstros ou bruxas e ninguém estava com medo.

Jack queria saber mais sobre aquele lugar misterioso.

Sem olhar para a direção que estava seguindo, Jack trombou em uma placa.

— Cidade do Natal? — ele leu.

***

De volta à Cidade do Halloween, todos buscavam pelo desaparecido Rei das Abóboras.

— Nós temos que encontrar o Jack! — declarou o Prefeito.

— Será que nós esquecemos de olhar em algum lugar?

Mas não tinham esquecido.

— Hora de soar os alarmes! — gritou o Prefeito.

No alto do castelo do Dr. Finkelstein, Sally ouviu o alarme. Ansiando por um pouco de emoção, ela colocou a beladona venenosa na sopa do seu mestre.

— Almoço! — Sally anunciou ao entrar no laboratório do Dr. Finkelstein. Mas algo no cheiro da sopa deixou o cientista desconfiado.

— Até você provar, não vou engolir uma colher sequer — falou o doutor.

Sally pegou a colher, mas a derrubou no chão. Quando ela se abaixou para pegar a colher novamente, trocou-a por uma colher cheia de buracos que havia escondido em sua meia. Ela fingiu pegar uma colherada cheia de sopa.

— Viu? Delícia! — disse ela, colocando a tigela à frente do Dr. Finkelstein. Sally observou com prazer enquanto ele engolia.

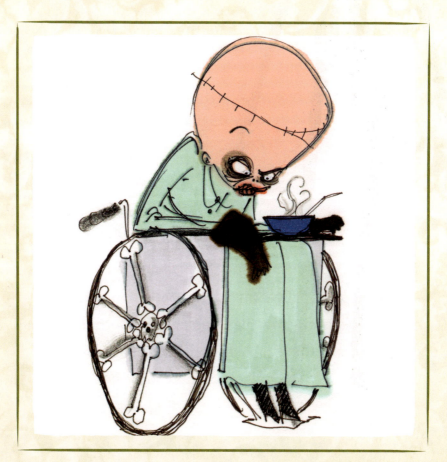

Na praça da cidade, o Prefeito estava sem ideias. De repente, ouviu um latido.

Era Zero!

O cão fantasma voou para a Cidade do Halloween. Jack vinha logo atrás, dirigindo uma moto de neve.

— Onde você esteve? — perguntou o Prefeito, enquanto a multidão cercava Jack.

— Convoque uma reunião geral que vou contar para todos vocês — respondeu Jack.

Não havia tempo a perder. O Prefeito imediatamente dirigiu pela cidade para contar a todos sobre a reunião.

Em seu laboratório, o Dr. Finkelstein dormia profundamente enquanto Sally escapava em busca de se juntar à reunião.

— Escutem, todos — falou Jack, subindo ao palco. — Eu quero contar-lhes sobre a Cidade do Natal.

Jack contou a todos o que tinha visto e mostrou as lembranças que havia trazido. Ele tentou explicar as imagens, os sons e o calor que sentiu quando estava lá.

A cidade adorou. Todos queriam experimentar o Natal.

Eles arquejaram com as luzes brilhantes e os presentes, e se perguntaram quais coisas horríveis eles poderiam colocar dentro.

Jack lhes disse que o Natal era bom, e não assustador. Mas os habitantes da cidade não entenderam.

Sem saber como explicar, Jack contou a eles sobre o sombrio rei da Cidade do Natal. Jack não o conhecia, mas sua descrição era vívida e assustadora. Ele disse que o povo da Cidade do Natal chamava seu rei de Papai Cruel.

A multidão ficou maravilhada. Mas Jack sabia que ainda estava faltando alguma coisa.

Mais tarde, em frente ao fogo, Jack procurou em seus livros uma maneira de explicar melhor o Natal. Ele se perguntou se a ciência poderia ajudar.

Vintage

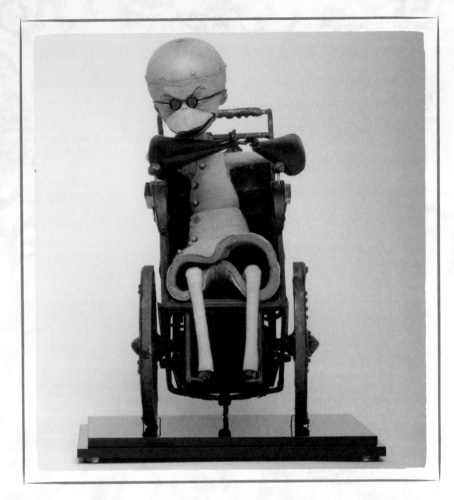

Na manhã seguinte, o Dr. Finkelstein trancou Sally em seu quarto para se certificar de que ela nunca poderia envená-lo novamente. Enquanto trancava a porta, a campainha tocou. Era Jack.

— Doutor, preciso de um equipamento emprestado — Jack disse, explicando que queria fazer alguns experimentos. O cientista maligno deu a Jack tudo de que ele precisava enquanto Sally ouvia.

Em casa, Jack esmagou um azevinho sob um microscópio, abriu um ursinho de pelúcia e ferveu um enfeite sobre um bico de Bunsen. Jack fez todos os tipos de observações, mas não sabia o que significavam.

Da sua janela, Sally viu a luz brilhante dos experimentos de Jack. Ela decidiu levar um pouco de comida para ele.

Sally abriu a janela e baixou a cesta de comida até o chão, em seguida, pulou. Ela caiu com um baque, seu corpo quebrado ao chão. Mas nem tudo estava perdido. Sally recolheu as suas partes do corpo e se costurou novamente.

Sally levou sua cesta até a janela do Rei das Abóboras. Jack a pegou e a trouxe para dentro, mas, quando olhou para fora a fim de agradecer Sally, ela havia sumido.

Sally se escondeu atrás de uma parede e puxou as pétalas de uma flor morta. Ela se perguntou se algum dia teria coragem de dizer a Jack como se sentia.

De repente, Sally teve uma visão assustadora. A flor que segurava na mão se transformou em uma árvore de Natal e então explodiu em chamas. Tudo o que restou foi um graveto carbonizado.

Enquanto isso, Jack não saía de casa há dias. O povo da Cidade do Halloween estava preocupado com seu Rei das Abóboras.

Em seu laboratório improvisado, Jack não estava nem perto de descobrir o significado do Natal. Ele estava ficando frustrado. Por fim, Jack decidiu que não importava se ele entendia ou não a magia do Natal, contanto que acreditasse nela.

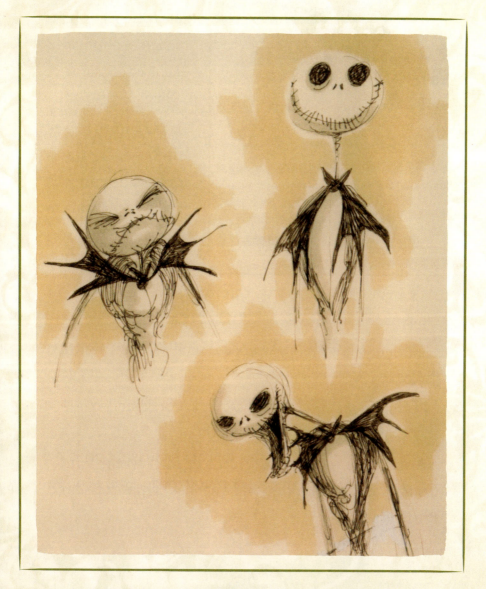

Ele acreditava tanto no Natal que tinha certeza de que poderia melhorá-lo. Jack sabia o que tinha de fazer. Ele abriu a janela e anunciou:

— Eureca! Este ano, o Natal será nosso!

Havia muito a ser feito e Jack tinha encontrado funções para todos. A cidade inteira se preparou para receber as tarefas.

Jack pediu aos vampiros que fizessem bonecos e ao Dr. Finkelstein que fizesse as renas.

— Mas que horrível nosso Natal será! — comemorou o Prefeito.

— Não, ele será lindo! — disse Jack, corrigindo-o.

Jack atribuiu sua tarefa mais importante aos maiores especialistas em travessuras da Cidade de Halloween: Tranca, Choque e Rapa. Jack queria que eles sequestrassem o Papai Cruel.

Jack os fez prometer não contar a ninguém sobre a missão, especialmente ao seu mestre, o Monstro Verde.

O Monstro Verde era uma criatura tão terrível que até mesmo todos os fantasmas, *goblins*, bruxas e lobisomens tinham medo dele. Seu corpo era um saco disforme, estourando nas costuras, com criaturas rastejantes assustadoras dentro, e sua boca escancarada tinha uma cobra no lugar da língua.

Vintage

Enquanto isso, Jack tinha um trabalho especial para Sally. Ele queria que ela lhe costurasse uma fantasia de Papai Cruel. Sally contou a Jack tudo sobre sua visão aterrorizante.

— Isso vai ser um desastre — avisou ela. Mas Jack estava animado demais para ouvi-la.

— Eu tenho muita confiança em você — falou Jack.

— Mas, para mim, isso está errado. Muito errado — disse Sally enquanto se afastava.

Jack ainda distribuía tarefas para os habitantes da cidade quando Tranca, Choque e Rapa retornaram com um saco misterioso.

— Jack! Jack! Pegamos ele! Pegamos ele! — falaram as crianças.

— Perfeito! Podem abrir, rápido! — falou Jack.

Mas, quando eles abriram o saco, não havia o Papai Cruel. Em vez disso, saiu dali um coelho rosa, carregando uma cesta de ovos.

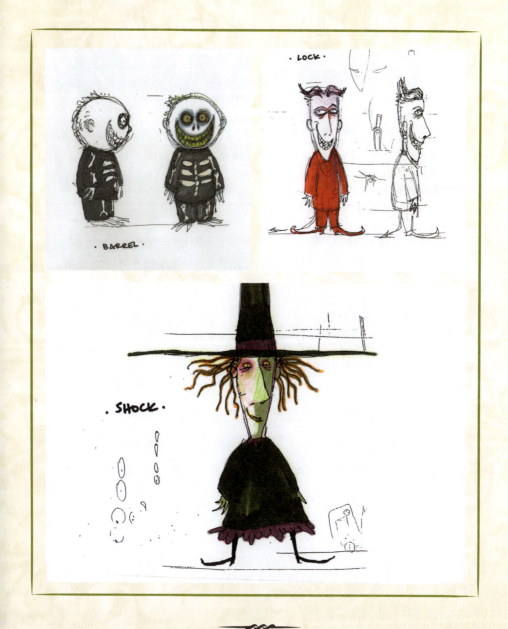

Vintage

— Devolvam-no! — Jack ordenou. Então pediu desculpas para o coelho assustado e os mandou de volta à sua tarefa.

✳✳✳

Conforme o grande dia se aproximava, os dois mundos, Cidade do Halloween e Cidade do Natal, trabalharam duro para criar suas versões do Natal. Mas, enquanto os brinquedos construídos na Cidade do Natal traziam alegria, os presentes feitos na Cidade do Halloween traziam terror. A Cidade do Halloween estava fazendo o Natal da única maneira que conhecia. Eles estavam tornando o Natal assustador.

Na véspera de Natal, tudo estava quase pronto. Fantasmas e múmias correram até a praça da cidade com seus presentes macabros para os colocar no trenó de Jack. Mas, diferente daquele da Cidade do Natal, o trenó de Jack não era alegre e vermelho. Era preto, feito a partir de um caixão e puxado por esqueletos de renas.

Vintage

A Cidade do Natal também estava quase pronta. Papai Noel — ou Papai Cruel, para Jack — verificava sua lista de bonzinhos e levados quando a campainha tocou.

— Ora, quem poderia ser? — indagou o Papai Noel enquanto se levantava da cadeira.

— Travessuras ou gostosuras? — gritaram Tranca, Choque e Rapa à porta do Papai Noel. Os travessos embrulharam o Papai Noel em um saco, jogaram-no em sua banheira ambulante e voltaram para a Cidade do Halloween.

Enquanto isso, Sally dava os toques finais na fantasia de Papai Cruel de Jack.

— Acho que não parece você, Jack. Nem um pouquinho — disse ela.

— Isso não é maravilhoso? — perguntou Jack.

— Jack, sei que pensa que está faltando alguma coisa, mas... — Sally começou a falar.

— Olha, é verdade. Está faltando alguma coisa mesmo. Mas o quê? — falou Jack, estudando seu reflexo no espelho.

Então ele ouviu um grito.

— Jack! Jack! Dessa vez ensacamos ele! — Tranca, Choque e Rapa tinham voltado da Cidade do Natal com o Papai Noel dentro de um saco.

— Deixem-me ir! — exigiu o Papai Noel, ao soltarem-no.

— Ué, mas você tem mãos. Eu pensei que tivesse garras! — exclamou Jack, apertando a mão do Papai Noel. O Papai Noel estava confuso.

— Não precisa mais se preocupar com o Natal este ano. Considere isso como férias, Cruel, um prêmio. É a sua vez de descansar — explicou Jack.

— Mas deve haver algum engano! — disse o Papai Noel.

Tranca, Choque e Rapa fizeram menção de colocar o Papai Noel de volta no saco.

— É isso! Achei o que faltava — disse Jack enquanto puxava o chapéu da cabeça do Papai Noel. E então o mandou embora.

— Isso é pior do que eu pensava. Muito pior — falou Sally, observando Tranca, Choque e Rapa levando o Papai Noel embora. E então ela teve uma ideia.

Vintage

Em sua casa na árvore, Tranca, Choque e Rapa tentavam fazer o Papai Noel caber dentro do cano que levava até a casa do Monstro Verde.

— Eu acho que ele é grande demais! — disse Choque.

— Não é, não. Se ele consegue descer por uma chaminé, ele consegue passar por aqui! — falou Tranca, empurrando-o com um desentupidor de vaso sanitário.

Com um empurrão forte, as crianças travessas fizeram o Papai Noel descer pelo cano. No covil do Monstro Verde, o monstro brincou com o Papai Noel, que estava preso a uma roleta gigante. Sem alguma maneira de escapar, o Papai Noel implorou ao monstro que pensasse nas crianças que estavam contando com ele para entregar os presentes na manhã de Natal, mas o Monstro se recusou a soltá-lo.

Lá fora, todos na praça da cidade estavam ansiosos pelo início do Natal. Todos, menos Sally.

Enquanto ninguém estava olhando, Sally rastejou em direção à fonte e esvaziou uma garrafa rotulada como "Suco de Neblina" na água, que liberou uma nuvem de névoa.

Sally voltou para a multidão quando Jack saiu de seu trenó de caixão.

— Pense em nós quando estiver triunfantemente cruzando os céus — começou a dizer o Prefeito, se despedindo de Jack. Mas ele não conseguiu terminar o discurso. Uma neblina havia descido sobre a cidade — uma neblina tão densa que ele não conseguia nem ler as páginas em sua mão.

— Oh, não! Não podemos decolar assim — disse Jack, em desespero.

A multidão lamentou.

Zero correu para o lado de Jack. Jack tentou empurrá-lo, mas então notou uma luz brilhante no meio da neblina.

— Puxa, que nariz brilhante você tem — disse Jack, olhando para o nariz brilhante de Zero. — Será perfeito para iluminar o caminho. — Jack mandou Zero ficar à frente de seu time de esqueletos de renas e, antes que Sally pudesse impedi-lo, eles decolaram, voando em direção ao céu.

— Oh, como eu espero que meu pressentimento esteja errado — suspirou Sally à medida que observava Jack ir embora.

Vintage

Sally tinha certeza de que algo muito ruim iria acontecer com Jack, e que ela e Jack nunca encontrariam uma maneira de ficar juntos.

O *Estranho Mundo de Jack*

Acima dos telhados do mundo humano, Jack voou noite adentro. Ele desceu o trenó com um baque forte para entregar seu primeiro presente.

— Papai Noel! — gritou um menino, acordado de seu sono. O menino correu para ver o Papai Noel e encontrou Jack.

— E o que o Papai Noel trouxe para você, querido? — perguntou a mãe, depois que Jack foi embora.

Os pais gritaram de terror quando o menino enfiou a mão na caixa e puxou uma cabeça encolhida.

Jack voou de casa em casa, deixando presentes e provocando gritos horríveis por onde passava.

Chamadas inundaram a delegacia de polícia e a notícia do Papai Noel impostor se espalhou. As autoridades aconselharam as pessoas a trancarem as portas de modo a não deixarem Jack entrar.

Da superfície de um caldeirão encantado, os cidadãos da Cidade do Halloween viam Jack pular de chaminé em chaminé, causando medo em vez de risos por onde passava.

Então ouviram um anúncio feito por uma repórter.

— Relatos chegam, de todo o globo, de que um impostor está descaradamente se passando pelo Papai Noel, ridicularizando e destruindo esta festa tão alegre.

A multidão comemorou. Mas um dos amigos de Jack não estava comemorando.

Sally ouvia horrorizada enquanto a repórter continuava:

— As autoridades garantem que neste momento os militares estão se mobilizando para impedir o responsável por esse crime hediondo.

— Jack. Alguém tem que ajudar o Jack! — disse Sally. — Para onde eles levaram o Papai Cruel?

Jack continuou voando enquanto holofotes militares varriam o céu. Os holofotes foram seguidos por flashes brilhantes e estrondos de mísseis explodindo.

— Estão comemorando! Eles estão nos agradecendo por um bom trabalho — gritou Jack, desviando de um míssil. — Oh! Cuidado aí embaixo. Vocês quase acertaram a gente!

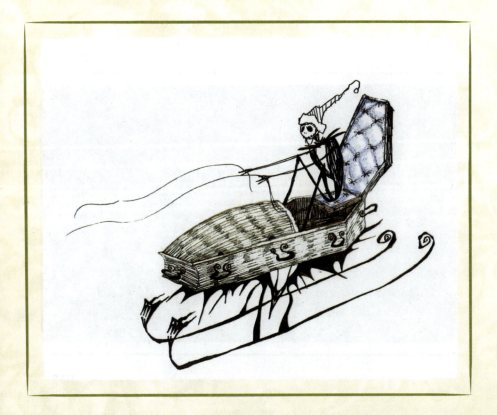

Abaixo da Cidade do Halloween, o Papai Noel estava pendurado em um gancho no covil do Monstro Verde, enquanto o monstro definia seu destino por meio de um jogo de dados.

O Monstro estava prestes a jogar os dados quando ouviu um barulho atrás de si.

— Ora, ora! O que nós temos aqui? — ele cobiçou a perna bem torneada que apareceu em seu covil.

Enquanto o Monstro estava distraído, um par de mãos deslizou pela corda para desamarrar o Papai Noel.

Era Sally.

— Eu vou tirar você daí — ela sussurrou.

O Monstro Verde fez cócegas no pé, mas então a perna veio inteira e solta em sua mão — não estava presa a ninguém! Ele se virou e viu o Papai Noel fugindo com Sally.

Consumido pela raiva, o Monstro respirou tão fundo que puxou Papai Noel e Sally da escada que desciam.

***

Logo acima do mundo humano, Jack desviava para evitar os mísseis.

— Estão tentando nos acertar! Zero! — Jack gritou, um pouco antes de um míssil acertar em cheio o seu trenó.

Na Cidade do Halloween, os amigos de Jack acompanharam enquanto ele caía do céu.

— Péssimas notícias, pessoal! A maior tragédia da nossa história — declarou o Prefeito enquanto dirigia pela cidade. — Jack foi explodido em pedacinhos!

No mundo humano, a polícia anunciou suas próprias notícias terríveis: não havia sinal do verdadeiro Papai Noel e o Natal teria de ser cancelado.

***

Jack acordou, rodeado pelos restos queimados de seu trenó, perguntando-se como pôde estar tão errado. Ele queria fazer algo maravilhoso. Mas tentou ser alguém que não era.

Jack decidiu voltar a fazer o que fazia de melhor: ser o Rei das Abóboras. Mas havia outra coisa que ele precisava fazer primeiro. Então abriu as portas de uma tumba e entrou, emergindo na Cidade do Halloween. Jack estava determinado a encontrar o Papai Noel e salvar o Natal.

Vintage

A notícia da morte de Jack chegou ao covil do Monstro, onde este havia amarrado o Papai Noel e Sally acima de um poço de lava quente e jogava os seus dados. Ele queria um número alto, o que, de acordo com suas regras, mandaria a dupla para as chamas.

Mas o jogo não foi justo. O Monstro bateu com o punho na mesa até que os dados mostrassem o número que ele queria.

— Parece que eu ganhei a partida! — riu o Monstro. — Tchauzinho, cara de boneca e velhote. — Ele puxou a alavanca, visando jogar o Papai Noel e Sally para dentro do poço, mas não ouviu grito algum. O Monstro olhou para descobrir o que havia de errado. Eles haviam desaparecido!

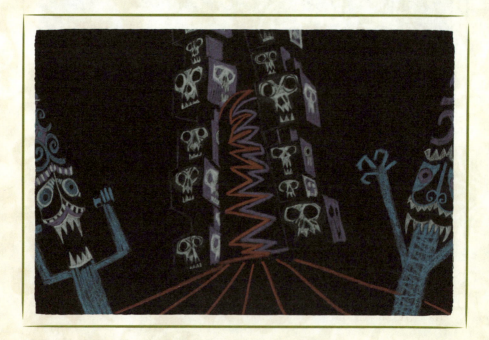

— Olá, Monstro — disse Jack, sentado no lugar de Sally e Papai Noel.

— Jack! Mas disseram que você tinha morrido — o Monstro retrucou, dando um passo para trás. Então ele pisou em um botão e cartas de baralho empunhando espadas dispararam na direção de Jack.

Jack escapou das lâminas afiadas das espadas.

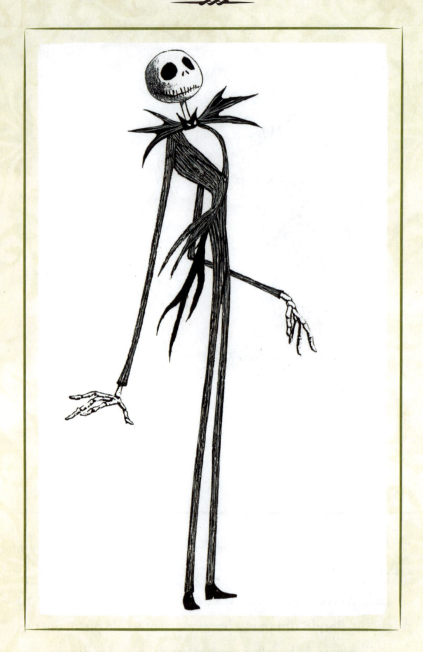

Quando o Monstro percebeu que suas tentativas de atingir Jack não estavam funcionando, apertou outro botão, liberando uma serra giratória do telhado.

— Jack, cuidado! — Sally gritou quando a lâmina avançou sobre ele.

Jack saltou da roleta e aterrissou cara a cara com o Monstro.

Mas o monstro tinha mais um truque na manga.

— Adeus, Jack! — O Monstro gargalhou ao saltar em um pêndulo que o ergueu, deixando Jack sozinho na roleta.

Mas o plano do Monstro estava prestes a se desfazer, e ele também.

— Como ousa tratar meus amigos dessa forma?! — Jack esbravejou, agarrando um fio solto pendurado do Monstro. Quando o Monstro se ergueu no ar, Jack puxou o fio. As costuras do monstro se desfizeram, liberando os insetos de dentro dele.

— Olha o que você fez! — o Monstro gritou, reduzindo-se a uma massa contorcida de insetos rastejantes. Ele guinchou e lamentou enquanto seus insetos caíam no poço de fogo. — Meus bichos!

Depois de derrotar o Monstro Verde, Jack devolveu para o Papai Noel o chapéu dele.

— Perdoe-me, senhor Cruel. Acho que transformei sua festa numa tremenda bagunça.

Noel disse a Jack que, da próxima vez que ele quisesse assumir alguma comemoração, deveria ouvir Sally.

— Espero que ainda haja tempo... — disse Jack.

— De salvar o Natal? É claro que há. Eu sou o Papai Noel! — Noel respondeu, apertando o nariz e voando para o céu.

— Ele vai ajeitar as coisas, Jack. Ele sabe o que fazer — Sally disse enquanto observavam o Papai Noel desaparecer.

— Como foi que você chegou aqui embaixo, Sally? — Jack perguntou, olhando para Sally como se a visse pela primeira vez.

— Ah, eu estava tentando... Bem, eu só que-queria... — Sally gaguejou, sem conseguir fitá-lo.

— Me ajudar? — Jack disse, colocando a mão sobre o ombro dela. — Sally, não acredito que eu nunca reparei que você... — Mas ele não conseguiu terminar a frase.

— Jack! Jack! — gritou o Prefeito, jogando uma corda. — Segure firme, meu filho!

Jack segurou a mão de Sally enquanto o Prefeito, Tranca, Choque e Rapa os puxavam em segurança.

No mundo humano, o Papai Noel voava pelos céus, parando em cada casa para substituir os presentes horríveis de Jack por presentes feitos na Cidade do Natal.

— Boas-novas, pessoal. Papai Noel, o verdadeiro, acaba de ser localizado — falou uma jornalista.

Na Cidade do Halloween, as pessoas se alegraram ao ver o retorno de seu Rei das Abóboras. E Jack também estava feliz.

— É muito bom estar em casa! — proclamou Jack.

— Feliz Halloween! — Papai Noel gritou de seu trenó no céu enquanto entregava um presente especial para todos na Cidade do Halloween.

— Feliz Natal! — Jack gritou de volta enquanto flocos de neve caíam do céu.

O Natal tinha chegado na Cidade do Halloween pela primeira vez.

Jack ficou feliz que seus amigos finalmente entenderam a alegria que ele sentira na Cidade do Natal, mas ele não se juntou à diversão. Jack ainda sentia que estava faltando alguma coisa, mas desta vez sabia exatamente o que — ou, melhor, quem — era.

Jack procurou Sally na multidão e notou que ela estava se afastando para caminhar sozinha.

Ele a seguiu até o cemitério coberto de neve e pediu para se juntar a ela no topo da colina. Jack pegou as mãos de boneca de pano de Sally e, finalmente juntos, eles se beijaram sob a luz do luar.

O *Estranho Mundo de Jack*

Fim

A arte de O Estranho Mundo de Jack, de Tim Burton

Após a conclusão do curta-metragem *Vincent*, em 1982, Tim Burton, que trabalhava na Walt Disney Feature Animation, escreveu um poema de três páginas intitulado *The Nightmare Before Christmas* (no Brasil traduzido para *O Estranho Mundo de Jack*). Trabalhando com o designer de produção Rick Heinrichs, Burton criou a arte conceitual, esboços de histórias e modelos de personagens para o poema, que ele compartilhou com o animador da Disney, Henry Selick. Burton deixou os estúdios em 1984, mas sempre pensava no projeto. Em 1990, Burton e Selick se uniram para criar a Skellington Productions e produzir a história como um longa-metragem feito em *stop motion*, com direção de Selick. Joe Ranft foi contratado como supervisor dos esboços de histórias, com Eric Leighton supervisionando a animação. Burton e Selick queriam que o design de produção se parecesse com um livro *pop-up*, com inspiração em fontes como o expressionismo alemão e o Dr. Seuss. A produção começou em 1991, com vinte palcos sonoros usados para as filmagens. Um total de 109.440 *frames* foram feitos para o filme, usando 227 fantoches. Jack Esqueleto tinha cerca de 400 cabeças, permitindo que a marionete expressasse todas as emoções possíveis. Desde seu lançamento, *O Estranho Mundo de Jack*, de Tim Burton, foi aclamado pela crítica, com o público elogiando a criatividade de sua narrativa visual e o uso inovador da animação em *stop motion*. Ao longo deste livro, você poderá revisitar a arte conceitual, os esboços de histórias e os fantoches dos seguintes artistas da Skellington Productions.

Tim Burton

Mais conhecido por dirigir filmes de fantasia gótica e *dark*, o diretor, produtor, animador, escritor e artista norte-americano Tim Burton começou sua carreira cinematográfica na Walt Disney Animation Studios. Burton começou a fazer filmes ainda jovem e estudou animação de personagens no California Institute of the Arts (CalArts). Seu filme de curta-metragem *Stalk of the Celery Monster*, feito como trabalho da faculdade, lhe rendeu um lugar como aprendiz na Disney. O início da carreira de Burton na Disney incluiu o trabalho de animação em filmes como *O Cão e a Raposa* e *O Caldeirão Mágico*. Em 1982, Burton criou uma animação *stop motion* para o estúdio: um curta-metragem em preto e branco como tributo a Vincent Price, intitulado *Vincent*. Foi no mesmo ano que Burton escreveu um poema que chamou de *The Nightmare Before Christmas* (no Brasil traduzido para *O Estranho Mundo de Jack*). O poema estava a caminho de se tornar um programa especial de TV de 30 minutos ou um curta-metragem, mas o desenvolvimento foi interrompido e Burton deixou a Disney em 1984. Ao longo dos anos, Burton pensou no projeto e, em 1990, voltou a produzir o poema como um longa-metragem musical feito em *stop motion* em parceria com o diretor Henry Selick.

Após o sucesso de *O Estranho Mundo de Jack*, Burton passou a colaborar com a Disney em vários projetos, incluindo o *stop motion* de 1996 *James e o Pêssego Gigante*, que conta com uma participação especial de Jack Esqueleto; *Alice no País das Maravilhas* (2010); sua sequência, *Alice Através do Espelho* (2016); e um *remake* em *live action* de 2019 de *Dumbo*, clássico da Disney.

O Estranho Mundo de Jack

Arte conceitual nas guardas do livro e nas páginas 21, 31, 33, 47, 48, 60, 61, 64, 67 e 76.

As seguintes peças de arte conceitual provavelmente foram feitas por Tim Burton: 13, 15, 19, 20, 27, 40, 41, 43, 46, 51, 57, 58 e 73.

Vintage

Kendal Cronkhite

Kendal Cronkhite começou sua carreira no cinema trabalhando em O *Estranho Mundo de Jack* como assistente de direção de arte. Em 1996, ela trabalhou com o diretor de arte Bill Boes em *James e o Pêssego Gigante*, assumindo o papel de diretora de arte. Em 1998, Cronkhite mudou-se para o recém-fundado DreamWorks Animation Studios em busca de dirigir a arte do filme *FormiguinhaZ*. Desde então, ela trabalhou como designer de produção em outros filmes da DreamWorks, incluindo a série *Madagascar* e, mais recentemente, *Trolls* e *Trolls 2*.

Arte conceitual nas páginas 5, 10, 18, 32, 38, 46 (provavelmente), 63 e 71.

O Estranho Mundo de Jack

Miguel Domingo

Miguel Domingo, também conhecido como Michael Cachuela, estudou na CalArts e teve Joe Ranft e Chris Buck como professores. Domingo contribuiu para o filme da 20th Century Fox, *FernGully – As Aventuras de Zack e Crysta na Floresta Tropical*, lançado em 1992, como artista de esboço de histórias antes de trabalhar com a Skellington Productions em *O Estranho Mundo de Jack*. Domingo, desde então, trabalhou como desenhista de esboço de histórias em *James e o Pêssego Gigante*, da Disney, e *Os Incríveis* e *Ratatouille*, da Pixar.

Esboço da história nas páginas 16 e 69.

Joe Ranft

Joe Ranft iniciou seus estudos no programa de animação de personagens na CalArts em 1978. O filme *Good Humor*, realizado quando estava na universidade, foi notado por executivos da Disney, e ele recebeu uma oferta de emprego no estúdio. Ranft começou sua carreira na Disney trabalhando em projetos para a televisão, mas sua grande chance veio quando ele se mudou para o departamento de animação, trabalhando com Eric Larson. Ranft trabalhou como artista de histórias, esboço de histórias e supervisor de esboço de histórias em muitos filmes da Disney e da Pixar, e até emprestou sua voz para personagens de *A Torradeira Valente*, *Toy Story* e *Carros*. Em *O Estranho Mundo de Jack*, Ranft assumiu o papel de supervisor de esboço de histórias. Ranft faleceu tragicamente em 2005, e seu último filme, *Carros*, foi dedicado à sua memória.

Esboços de histórias nas páginas 22, 23 (provavelmente), 24 e 29.

Jørgen Klubien

Jørgen Klubien é um artista de animação, escritor e cantor. Klubien trabalhou como animador de personagens e desenhista de esboço de histórias em vários filmes da Disney, incluindo *Oliver e sua Turma*, *A Pequena Sereia*, *Bernardo e Bianca na Terra dos Cangurus*, *Vida de Inseto* e *Frankenweenie*. Para *O Estranho Mundo de Jack*, Klubein é creditado como designer de personagem adicional e também auxiliou com esboços de histórias para o filme. Klubien é também vocalista da banda dinamarquesa Danseorkestret.

Esboços de histórias nas páginas 22 e 23 (provavelmente).

O Estranho Mundo de Jack

Deane Taylor

Deane Taylor é uma artista de *layout*, escritora, diretora de arte, supervisora de produção e diretora que trabalhou na Hanna-Barbera, Disney e MGM Animation. Em *O Estranho Mundo de Jack*, Taylor atuou como diretora de arte e também apareceu no documentário curta-metragem *The Making of Tim Burton's The Nightmare Before Christmas*.

Arte conceitual nas páginas 32 e 71.

Kelly Asbury

Norte-americano, diretor de cinema, roteirista, supervisor de história, dublador, animador, autor de livros infantis e ilustrador, Kelly Asbury trabalhou em muitos filmes de animação em muitos papéis diferentes. Asbury se formou na CalArts, onde estudou animação e cinema. Ele se juntou à Disney para trabalhar em O *Caldeirão Mágico* como um artista intermediário e continuou a trabalhar em filmes como *A Pequena Sereia*, *A Bela e a Fera*, *Gnomeu e Julieta* e *Frozen*. Asbury trabalhou como assistente de direção de arte em *O Estranho Mundo de Jack*. Infelizmente, Asbury faleceu em 2020 aos 60 anos.

Arte conceitual nas páginas 35, 44 e 76.

Bill Boes

Bill Boes, natural da Califórnia, é designer de produção, diretor de arte, modelista e criador de efeitos especiais. Boes trabalhou com programas de TV, *live action*, animações e *stop motion*. Em O *Estranho Mundo de Jack*, Boes assumiu o papel de assistente de direção de arte e também trabalhou como modelista. Boes também contribuiu para o filme *stop motion* de 1996 da Disney, *James e o Pêssego Gigante*.

Arte conceitual na página 53.

O Estranho Mundo de Jack

Glossário de Termos

Arte conceitual: Desenhos, pinturas ou esboços preparados nas fases iniciais do desenvolvimento de um filme. A arte conceitual é frequentemente usada para inspirar a encenação, o humor e a atmosfera das cenas.

Boneco de animação: Um personagem, muitas vezes criado a partir de tecido ou espuma de látex, feito com uma estrutura articulada. Ele é manipulado por um animador, que faz pequenas modificações de posição, e depois é fotografado um quadro por vez, a fim de dar a ilusão de movimento.

Esboço de história: Mostra a ação que está acontecendo em uma cena, além de apresentar a emoção do momento da história. Os esboços de histórias ajudam a visualizar o filme antes que recursos caros sejam comprometidos com sua produção.

Conheça mais da série

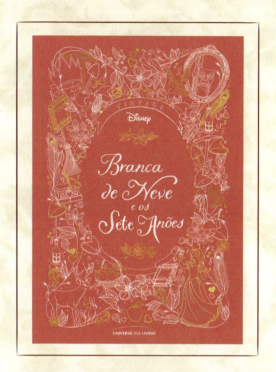

Branca de Neve e os Sete Anões

Branca de Neve e os Sete Anões em edição de luxo, com capa dura e acabamento especial, para encantar e presentear fãs de todas as idades!

Em uma abordagem moderna do clássico filme da Disney *A Branca de Neve e os Sete Anões*, esta obra memorável traz a história do filme original, de 1938, acompanhada de uma seleção de desenhos cuidadosamente elaborados ao estilo vintage, extraídos da Disney's Animation Research Library.

Reviva a magia desse filme que há mais de oitenta anos vem marcando gerações em uma obra permeada de ilustrações, rascunhos e artes conceituais. A obra inclui também um prefácio escrito por Eric Goldberg, supervisor de animação e diretor no Walt Disney Animation Studios.